PASQVIL SATYRIQVE

DV DVC DE [*****.]

SVR LES AFFAIRES DE FRANCE.

Depuis l'Annee 1585. iusques en l'Annee
presente 1623.

M. DC. XXIII.

PASQVIL SATYRIQVE
DV DVC DE [*****] SVR LES
affaires de Fràce, depuis l'Annee 1585 iusque en l'Annee presente 1623.

NVL ne vit exempt du trespas,
Grand Duc? mais celuy ne meurt pas
Auquel on a par tyrannie
Iniquement l'ame rauie.
Car qui meurt en seruant son Prince
Et pour deffendre sa Prouince,
Vit par vne eternelle vie
Malg é le destin & l'enuie.
Toutesfois s'il te reste en l'ame
La mort ayant couppé la trame,
Et le court filet de tes iours
Desir de sçauoir le discours.
De ce qu'en France s'est passé
Ie mettray ce qu'ay ramasse,
Pesle mesle dedans ton vrne
Plusieurs accusent la fortune,
Autres condamnent le destin
Toutes choses vont à leur fin,
Par le point qui leur est pres'ript
Beaucoup en ce temps ont escrit
Mais peu ou point de verité
Car la grande varieté,
Et diuersit. de Paris
A passionné les esprits,
Et puis il ne faut pas tout dire

A 2

Des grands bien souuent on craint l'ire,
Quelques-yns cherchent leur faueur
Il faut detester les flateurs,
Nourriffant des Princes les vices
Ppur les flater en leurs delices
Les perdent infenfiblement
Vous auez entendu comment.
Charles quint trauailla la France
C'eſtoit de noſtre mal l'enfance
Qui cauſa les guerres ciuiles
Et puis apres les Euangiles
L'Egliſe & la Religion
Nous ont engendré l'vnion
Dont pluſieurs ont fait peniten ce
La trop tardiue repentance,
Nous a preſque tpus faits vnis
Si l'on eu creu ceux de Paris
L'on eut deſt ruit la Monarchie
C'eſtoit vne vraye Anarchie
Que la ligue au commencement
Le Roy print vn bon argument
Veoir que Paris eſtoit ligueur
Car ils ont touſiours par malheur,
Embraſſé le pire party
L'Eſpagnol n'eſt pas mal party
Il a cauteleux & ruſé
Finement à ce but viſé,
De nous entretenir en guerre
Viuant en paix dedans ſa terre,
Nuiſant plus, ſe feignant amy
Qui n'a faict eſtant ennemy
Car en fomentant nos malheurs
Il faiſoit ſes complots ailleurs
Pretextant ſon ambition

Du voile de Religion
Mais c'estoit le but deliberé
En faisant mourir son beaufrere
Exterminer la Fleur de Lys
Et la race de sainct Louys
Et renuerser l'Estat François
Ceux de la maison de Valois
Ont senty les premiers efforts
Car les vns par prison sont morts
Et les autres par le couteau
De l Eglise il fit le manteau
Et quitta l'Espagnolle cappe
Se feignit amy du Pape,
Pour l'vn & l'autre deceuoir
Mais ce mal on deuoit preuoir
Lors qu'on tira Salcere en Greue
Des petits la iustice est brefue
Et les grands on laisse eschapper
Sont ceux là qu'on doit attraper
S il n'y a promesse au contraire
Henry qui sçauoit qu'à son frere
Le poison estoit preparé
S'il n'eust de punir differé
De guerre eust preserué la France
Il faut estoufer des l'enfance
Le mal qui commence à germer
Et ne laissez iamais armer
L'ennemy que l'on peut deffaire
Par Iustice l'on acquiert gloire
Honneur & reputation
Destruisant l'ambition
Nostre grand Roy Louys le iuste
De l'esclat de son nom Auguste
A foudroyé ses ennemis

Soubife & fes gens endormis
En pourront dire des nouuelles
Ces rencontres furent cruelles
Plufieurs par la dernière fois
Beurent à tous les Rochelois
Vn Roy doit eftre reueré
Louys onziefme eft honoré
Et tenu pour homme d'Eftat
A celuy qui trouble l'Eftat
On ne fait tort quand on le pend
Tel parle trop qui s'en repend
Ie m'en rapporte à Lignerolle
On dit bien fouuent des paroles
Dont en bref on voit les effets
Si on eut creu le Roy François
Prince prudent & aduifé
L'on fe fuft pluftoft aduifé
Remedier à ce deffein
Vn Prince qui prendra le foin
D'aduifer au comportement
De fes fujets preuient fouuent
Le temps & l'effect du Confeil.
Vous viftes le grand appareil
Qu'on fift d'armes aux barricades
Il n'eft bon vfer de brauades
Contre le Roy & fon Seigneur,
Ny s'en orgueillir de l'honneur,
Que nous fait vn peuple mutin
Il dort, & puis dés le matin
Se repend de ce qu'il a faict,
Et le Roy punift le forfaict
En la perfonne des autheurs:
L'on punit toufiours les faueurs
Des feditions populaires

Par punitions exemplaires,
Pour contenir tout en deuoir
Vn Prince qui a tout pouuoir
Ne doit rien vouloir que de iuste,
Mais vne majesté auguste
Est touſiours preſte à pardonner.
Il conuient auſſi guerdonner
Ceux qui ſeruent fidelement:
Vous ſçauez qu'au commencément
Le Catholicon que d'Eſpagne
On porta premier en Champagne
Pour aux François le deliurer,
Peut de ſon odeur enyurer
Les deux parts du peuple de France,
Ne laiſſant rien que la ſouffrance
Et le peuple morne & deffait
Apres auoir fait ſon effect,
C'eſt vn argent tutorxiqué,
Tous ceux qui en ont pratiqué
Ne s'en trouuent pas bons marchans,
Tout le pauure peuple des champs
Eſt ruiné & ceux des villes
Deteſtant les guerres ciuiles
Eſt en maudiſſant les autheurs,
Pluſieurs en blaſment les ligueurs,
Car par eux France bien vnie
Fut en peu de temps deſvnie.
L'on veit le fer, le ſang, le feu,
Aux deux bouts & dans le milieu,
Et prouoqua l'on à la guerre
Le Roy contre ſon propre frere.
Et ſur aux Huguenots courir,
Que l'on ſ auoit ſe contenir
Pacifiques en leurs maiſons,

L'affemblee s'en feit à Soiffons,
Montauban leur feruit d'excufe,
Le Roy ne peut preuoir leur rufe,
Mais ayant tard veu defcouuret,
Le ieu que l'on tenoit couuert,
Et que c'eftoit à fa perfonne
A fon Eftat à la couronne
Que l'embufcade eftoit dreffee
Il changea bien toft de penfee
Appellans pour venger ce tort:
Ceux qu'il pourfuyuoit à la mort,
Lefquels toft l'on veit accourir
Fidelles pour le fecourir,
Les armes n'eftoient pour l'Eglife
Quelque chofe que l'on defguife
Et moins pour foulager le peuple,
Pluftoft pour luy rauir fon meuble,
Ny pour les eftats fupprimer
Car premier que de fe defarmer.
L'on en demande de nouueaux,
Et des fubfides fur les eaux
Et par tous les accords paffez
Vous lifez toufiours entaffez
Nombre d'affaires de maifon
D'entretien & de garnifon
De reuenus acquits & debtes
Et de recompenfe de pertes
Remifes de violements
De meurtres & d'embrafements
Sans parler vn feul mot de Dieu
Il voit tout, il eft en tout lieu,
Et lors que l'on fe veut feruir
De fon nom pour vn mal couurir
Il rend vain & nuls les efforts

Des

Des Roys & des Princes plus forts
La vanité & le menſonge
Se vont perdant ainſi qu'vn ſonge,
Et touſiours de la verité
Reluit & paroiſt la clarté
Et iamais le faux ne fut vray
Comme on diſoit prenant Cambray,
L'inuention du Conneſtable
Ne ſe trouua point equitable,
Propoſant le fait general
Faire à la France tant de mal,
Pour n'auancer que ſes affaires.
L'on tient touſiours pour mercenaires
Ceux qui par argent on pratique,
C'eſt vne nouuelle practique,
Vendre vne choſe ou l on n'a rien,
Chacun doit conſeruer le ſien.
Et viure pacifiquement
Le peuple couſtumierement
Et enclins à ſedition
Que pauure eſt la condition
De ſe mettre ſous le pouuoir
D'vn qui ſortant de ſon deuoir
De vaſſal fait du ſonuerain
Et qui au peuple tient la main
Pour les mutins ſe faire chef
Malheur luy tombe ſur le chef,
Ie m'en rapporte aux Maillotins.
On punit touſiours les mutins.
Et Dieu des Roys prend les querelles
Encontre leurs ſubiects rebelles
Point les factieux ne s'accordent
Touſiours par entr'eux ils diſcordent
Ils ſont touſiours à diſputer

Lors qu'on vient le chemin quitter
De la vertu courant au vice
Celuy qui suit noftre malice
Et qui nous accompagne au mal
Eftime qu'il nous eft efgal,
Rendu pareil par fon delict.
Le Roy d'Efpagne & fon credit
Corrompans par doublons & dalles
Du Clergé les langues venalles
A tout mis en confufion,
L'on n'a fçeu la legation
De Monfieur de Neuers à Rome.
Ce bon Prince ce prudent homme
Sa pieté & fon fçauoir.
Le Pape n'ont peu efmouuoir
Ny le conuier de nous rendre
La grace qu'on deuoit attendre
Iuftement de fa Saincteté,
L'efpagnol rompit ce traicté
Non par raifon, ains par malice
Employant tout fon artifice
Pour nous captiuer par nos mains,
Deceuant les Princes Lorrains,
Pour defpiter France leur mere:
Mais le Roy ainfi qu'vn bon pere
A voulu par vn induftrie
Cefte guerre eftre enfeuelie,
Et qu'on oubliaft le paffé,
Vitry a le premier paffé
De la Ligue au party du Roy.
Et puis la Chaftre, & Villeroy
L'ont enfuiuy bien toft apres,
Alincourt le fuiuoit de pres,
Et Briffac marchoit fur leur pifte,
Medauit accreut cefte lifte

Deuillars le fuiuoit au pas
Mais Rieux ne monta-il pas
En Paradis à reculon
Il vaut mieux prendre le plus long.
Et fuiure le plus feur chemin
Il ne faut point de parchemin
A ceux qui n'ont point de Chancellé,
Croyez fi ont eut Cancellé,
De Blois les pretendus Eftats
Nous euffions veu de grands debats,
Et ruines dans nos Prouinces
Vous auez veu Meffieurs les Princes,
Seruir le Roy fidellement
Ainfi qu'a faict femblablement
Mais feul Monfieur le Conneftable
Il s'eft rendu recommandable
Par fidelité à fon Roy
Biron mourut à Efpernay
La c'eft vn tref grand dommage
A fon Roy il tendoit l'hommage
Et debuoir de bon feruiteur
Le fils à perdu fon honneur
Dedans l'enclos de la Baftille
Voulant par trahifon fubtille
Trahir les riches Fleur de Lys
Et le plus hardy des Henrys
L'autre maintenant aux combats
Du grand pere pourfuit les pas,
Et fuit fes vertus à la trace
Et vous ô grand Prince indomptable,
Aux affaux infatigable
Qui eftes mort à Montauban
Vous monftraftes en voftre fang
L'amour & l'ardeur nourris

B ij

Que vous portez au grand Louys
Vous monstrastes en l'aduersité
Vostre grande fidelité,
La France ! helas presque deserte
Regrette par tout vostre perte.
Vostre temps plein de merueilles
Vole d'oreilles en oreilles,
Et viura eternellement
Engraué dans le firmament.
Daumalle estoit bon Caualier
La Nouë estoit vn grand guerrier,
Ferme & constant en ses promesses
Ceux qui prisent trop les richesses
N'ont pas tant de fidelité
Sçaueuse fut bien mal traicté,
Estant tombé de son cheual
Par Chastillon prés bonneual
Aussi fut le Duc de Rohan
A son retour de Montauban,
Luyne prompt vaillant & sage
Est mort en la fleur de son aage,
Il se fit paroistre à sainct Iean
Et à la prise de Royan,
Son bras qui commençoit de naistre
En mille endroicts s'est faict paroistre
Tant il à le cœur genereux
Soubise fut il pas heureux,
Vsant d'vne ruse tres belle
De se sauuer dans la Rochelle,
Et venir en l'Isle de Rié
Pour se retirer du danger,
Va esprit nuit & iour trauaille
Quand Randan perdit la bataille
Henry fut vainqueur d'Iury.

Il regrette fort feu Iury,
Il eſtoit accort & vaillant
Matignon a eſté prudent,
Pour à ſes deſſeins paruenir
Ayant fort bien ſçeu contenir
Tout le Bordelois en repos
Ie ne parle pas des impos,
Mis ſur les vins & les batteaux,
Iamais les villes & chaſteaux,
Qui ſont ſciſe ſur les riuieres
On prend la becaſſe aux pentieres
Et la pouſſe ſans dire mot
Que le pauure ſieur Halot
Fut tué miſerablement
D'algre en vſa laſchement
Puis ſe miſt du party ligueur
Chaſteau neuf eſtoit bon ſeigneur,
Fidelle au Roy actif & prompt
La Hunaudaye, le ſieur du Pont,
Ont bien ſeruy dans la Bretaigne
Sourdeac deffit en campagne,
La Courbe, & tous les fataſſins
Les Cluſeaux pres de Han fut prins,
Auſſi fut le ſieur de la Motte
Pres de la Rocheloiſe flotte,
Ceſte charge luy fut heureuſe,
Que le feu ſeigneur de Ioyeuſe,
Fut mal mené à Villemur,
Quand le Roy partit de Saumur,
Il vint bien à propos à Tours
Vous ſçauez bien les mauuais tours,
Qu'on auoit faict à ceux du Temple
Il en punit pour prendre exemple
Quatre ou cinq qui furent pendus

Y font demeurez morfondus,
Iamais on n'eut rien plus ferme
A Clerac que Monfieur de Terme
Tel voftre feruiteur fe dit
Qui en derriere vous trahit
En vain tout remply de pouffiere.
Qui le trahiffoit en derriere
Daumalle courut la carriere
Et le fit cognoiftre à Senlis,
Son frere fut à fainct Denys,
Il a tenu long fon voyage
Lors qu'on va en pelerinage
Il ne conuient aller de nuit
Celuy que la Lune conduit,
Faut qu'il foit fubiect à l'Eclypfe
Qui va trop vifte fouuent gliffe,
Il fait bon fe hafter au pas
De Bel-ifle ne gaigne pas,
A ce traffic de crofilies
De Soubifes à toufiours fait gilles,
Il n'eft bon que pour le difcours.
Le deffunct fieur de Nemours
Fut fait à fon Prince feruice,
Il n'eftoit tache d'auarice.
Il n'aymoit rien tant que l'honneur,
C'eft vn homme d'eftrange humeur,
Que Vitry quoy qu'il foit vaillaut
Picheric a efté conftant,
Gourdan enfemble la Veronne,
De Crequi ne cede à perfonne
Sa valeur la fait paruenir
Monbarot à fçeu contenir
Rennes toufiours à fon debuoir
Verdun eft homme de fçauoir,

De Rets est plein d'ambition
Le Diable à faict l'inuention,
Dont la Rochelle est allumee
L'on voit des crocquans à l'armeê,
Plustost deffaict que leuer
Il ne faut pas se souleuer
Pour auoir reformation
Car l'humble supplication
Flechit les Roys, & non la force
Desormais le sieur de la Force
A receu du Roy l'esperance
Destre en bref Mareschal de France,
Et luy fin de quitter les coups
Et de fuyr le grand courroux
De Louys qui porte le foudre
Pour mettre l'heresie en poudre,
Tinteuille & de Montbazon
Clermont le Marquis de Curton,
Sont tous Caualiers de merite
Tout ainsi que lenfant herite,
Le bien de ses predecesseurs
Ainsi doiuent les successeurs
Imiter en fidelité,
La venerable antiquité
Ainsi le font les gens de bien
Iamais vn traitre ne vaut rien
Ie men rapporte à Hacqueuille
Desdigueres est fort habille,
Ils'est monstré bon Capitane :
Car il a franchi la montaigne
Et maintenu le Dauphiné
Lennemy fut bien mal mené
Vn peuple qui est mutiné
Ne sçait ce quil faict, ne quil dit

Maugiron vendit son credit,
Liurant la ville de Vienne
Plusieurs n'ont soin d'où l'argét vienne
Ceux-la n'ont pas beaucoup d'hóneur
Que c'est vn courageux Seigneur
Que monsieur le Prince de Conde
Il a bien le Roy secondé,
En ses plus importantes affaires
Les Anglois qu'on a'effit en bieres,
Furent tous tuez de sang froit
Il ne fit vn semblable exploit,
A la morte de sainct Eloy
Il fait bon maintenir sa foy
On s'en repentit à Coutras
De Parme fut blessé au bras
Il en mourut bien tost apres
Pleust à Dieu que de beau cyprés,
Du maistre on eust orné la tombe
Il ne peut faillir qu'il ne tombe
Mais il ennuye de trop attendre
Clerac se deuoit mieux deffendre
Manreuert mourut combatant
Son compagnon n'en fit pas tant,
Il a plus mefnagé sa vie
Le Gouuerneur de Fontarabie
Mourut degradé dans Lyon
L'on en remarque vn milion
Qui sont morts pour moindre sujeÂt
Il fut bon estre vn peu finet.
Et se seruir de ses amis
Quand vn faict au Conseil est mis
Qu'on doit punir par le deuoir
Si l'on a crainte desmouuoir
Les grand au bien faire folie

Allant

Allant au Roy de Laconie
Agesilaus apprendra
Ce que faire il nous conuiendra,
Le Roy est la mesme Iustice
Qui ne faict rien par auarice,
Par cruauté ny passion
Ny pour la confiscation,
De ses subiects est equitable
Et tout forfaict est punissable,
Plus pour l'exemple que pour la Loy
Humiere seruoit bien le Roy
Il est Seigneur fort regreté
Longeuuille fut mal traicté,
Lors qu'il retournoit à Dourlan
Asseurez vous que ceux de Laon,
Furent vn peu mal secourus
A la Fere ils se sont rendus,
L'on ne voit plus rien secourir
Aussi ne voyt-on rien mourir
De faim pour deffendre les places
Si l'on a deffendu les chasses
S'est pour complaire à la Noblesse
Laquelle auec plus d'allegresse,
En fera seruice à son Roy
Pisany est homme de foy
Du petit Prince Gouuerneur
Montigny a de la valeur,
Du Gast est vn peu inconstant
Sainct Luc n'a pas perdu le tant,
La valette estoit bien fidelle
Et si d'Espernon a du zele
Il a les moyens de seruir
Beaucoup n'ont soin que d'assouuir
Leur esprit d'honneur & d'argent

Vn Prince qui eſt diligent,
Eſt difficilement trompé,
Demeurans celuy-là pipé
Qui penſe de le deceuoir,
Pour ſe contenir en deuoir
Faut penſer ce que l'on a eſté,
I'en ay veu tel bien haut monté
Lequel eſt deſcheu tout à coup,
Et la fortune d'vn ſeul coup
Peut bien renuerſer vn Empire
Qui choiſit & qui prend la pire,
A nul ne le doit imputer
Ceux que Dieu veut precipiter
Il leur oſte le iugement,
Montpenſier auoit fait ſagement,
Il gouuerne bien ſa prouince,
Il referre tout à ſon Prince
L'honneur le cherche en le fuyant
Mais ceux qui le vont recherchant,
Et qui font des Princes ſans l'eſtre
Vous les voyez bien toſt ſubmettre,
Au pouuoir d'vn iuſte Seigneur
Tout illicite vſurpateur,
Ne tient long temps ſa Monarchie
Et celuy qui par tyrannie
Recherche le commandement
Dieu puniſſe & rarement,
De ſoy laiſſe aucun ſucceſſeur
Ie croy que pour vn tel malheur
L'Eſpagnol à reprins Cambray
Quand le Roy fur à la Guibray,
Il euſt bien toſt forcé Falaize
Tout peuple qui eſt trop à laiſe
Eſt ſubiect à rebellion

L'auſtere dominationᵉ
Luy faict chercher la liberté
Il faut garder l'egualité,
Qui eſt entre le trop & peu
Et cheminer par le milieu
D'entre les deux extremitez
Ceux qui tranchent des deux coſtez
Iugent auoir faict finement
Mais de viure neutralement
Au milieu des guerres ciuilles
Soit à la campagne ou aux villes
N'eſt pas acte d'homme d'honneur
C'eſt le vray faict d'vn laſche cœur,
Ie m'en rapporte à la Trimoüille
Qui a deſ ſa deux pieds de rouille,
Mais il a rendu le pendant
Taillebourg ſon corps deffendant,
Le Roy la en poſſeſſion
Chacun en ſa condition,
Se doit declarer d'vn party
Et celuy qui vit mi-party
Eſt tenu pour vn inconſtant
Voyez ce graue Preſident
De ceſte cour ſouueraine
Donner de Majeſté pleine,
Nombre de doctes Conſeillers
Leſquels meſpriſant tous dangers,
Toute honte & toute infamie
N'ont craint de hazarder leur vie
Et captiuer leur liberté
En gardant leur fidelité,
Sans que des grands ſeigneurs l'audace
La fureur de la populace,
L'horreur d'vne noire priſon

Leur femme famille & maiſon,
Iamais les ay peu dimouuoir
De perſiſter en leur deuoir
Pluſieurs autres de la iuſtice
Qui ont abhorré iniuſtice,
Nous ont faict veoir par leur conſtance
Qu'ils eſtoient enfans de la France,
Qu'ils honoroient par leur treſpas
Auiourd'huy on voit portez bas
Ceux qui ont flechi par contrainte
Des hommes ne faut auoir crainte,
Lors que Dieu l'on ſert & ſon Roy
Caſtille il met en deſarroy
Venant au ſecours de Daion
Fontaine auoit le cœur bon,
Mais il fut par ſon ſeruiteur
Traitre execrable prediteur,
Miſerablement maſſacré
Le mal que faict l'argent ſacré
Qui rend ainſi l'homme infidelle
Virluiſant eſtoit bien fidelle,
Il fut tué dedans l'Egliſe
Bor...e, à ſenty ſans faintiſe,
Auſſi à bien faict le Neuf-bourg
Bouillon feit bien à Luxembourg,
Tout fut perdu par ialouſie
C'eſt vne eſtrange maladie,
Que la trop grande ambition
Elle meine à perdition,
Tous ceux qui en ſont entachez
Quelques-vns qui font des faſchez.
Se deuroient garder de meſprendre
Phaeton par trop entreprendre
Renuerſa le char de ſon pere

Il faut fuir le vitupere
Se gouuernant par la raison
Chanigny & de Chaseron
Qui gouuerne le Bourbonnois
Et Vic ont esté bons François,
Chombert est prudent sans malice
D'O .auoit bien plus d'artifice,
Et Richelieu moins aduisé
Le bon temps qu'à monsieur Rusé,
Les oyseaux il ayme, & les chiens
Regnault n'amasla grands moyens,
Mais il est mort riche d'honneur
Gesures ioinct l'vtille au bon-heur,
Forget sçait bien tout le talmud
Villeroy visoit à certain but,
Où tous ne peuuent pas atteindre
Rosne se vouloit faire craindre,
Ou rechercher pour son merite
Il á suyuant son demerite
Esté puny de son forfaict
Le subiect lequel à mesfaict
Doit venir à repentance
Car le Roy remit bien l'offence
S'abstenant de seuerité
Quand on vient par humilité,
Et par douceur le supplier
Mais se vouloir faire prier
Est trop grande presomption
Et Dieu faict la punition,
Des arrogants & temeraires
Ceux-là ne font bien leurs affaires,
Lesquels la passion desregle
Ceux qui par raison se regle,
N'a iamais crainte de faillir

La honte faict l'homme pallir,
Lequel de trahison on accuse
Dasserac estoit sans excuse
Crapaer fort necessiteux
Demolac bien plus vertueux
Combourg, Carcez, & de Crecy
Le Damoysel de Commercy
Saincte Marie, & Colombiere,
Poigny, Fargis, & Fourmentiere,
Souuray, le Marquis de Vilaines
Ayant rendu preuues certaines,
De leur grande fidelité
Luyne estoit en prosperité,
Et ne trouua point son bon-heur
Dans les murailles de Monheur,
Il n'est regretté de personne
Il approchoit trop la Couronne
Son frere à pensé d'vn soufflet
Perdre la vie & le sifflet,
Touarce, & le gros Pangars
Long Aunay le boyteux Falias
La cheute D'araucourt hobole
Ont tenu ferme leur parole,
Et tous seruy tref-dignement
Malicorne honorablement,
Et tous Messieurs de Rambouillet
Montgommery & Gouuernet,
De la Trimouille, & Mirebeau
Le Bourg neuf, & de Monsoreau
De lorges mesle Torigny
Vergomar & de Maligny,
Chemille & Cleremont, d'Antragues,
Mont-martin, S. Denis Feruacques
Ont monstré leur affection

Versle Roy & leur nation
L'on ne les peut pas tous contel.
Et mille & milles Capitaines
Qui par les villes & Campagnes
Sont signalez par leur valeur
Et aufquels on doit par l'honneur
Donner lieu dedans vne hiftoire
Mon Duc ie n'ay pas de memoire.
Quelqu'vn feparé à l'efcart
Reduira chafque chofe à part,
Puis vn feul ne peut tout efcrire
Si ne veux-ie obmettre à vous dire
Que Dieu pour la France veille
A preferuer Berre & Marfeille
Par le moyen de libertat,
Dieu veut conferuer ceft eftat
Ayant reuny tous les Princes
Les Chafteaux villes & Prouinces
Et les feigneurs de qualité
Qui rendent à fa Majefté
L'honneur auec obeïffance
Et le Roy tout plain de clemence
Nous enfeigne par fon exemple
Qu'en paix nous deuós viure enfemble,
Et nos iniures oublier
Mais aufsi afin d'obuier,
Et chaffer l'horrible difcorde
Qui peut troubler noftre concorde,
L'on peut admettre deformais
Indiferemment les François,
A toutes charges & honneurs
Rien n'entretient tant les Seigneurs,
En concorde & en amitié
Comme fait l'equalité,

Nous courons tous mesme fortune
France est nostre mere commune,
Tous sont parens ou aliez,
Si quelques-vns sont desuoyez,
Et ne recognoissent l'Eglise
Permettant que l'on les instruise,
L'esprit n'est subjet à la force,
Bien que par vne douce amorce
Par raison & par remonstrance
L'on l'induit a obeïssance,
I'ay tousiours esté Catholique,
Ayant remarqué la pratique
Qui est plus aysé de reduire
Les Huguenots à que destruire
Mais plusieurs n'ont pas bien seruy
Si tous ceux qui ont deserui
Sont recognus & recompense
N'ostons à ceux-cy les despences
Donnee par les Rois precedents
Les loix varient selon le temps
Et le temps n'est à ce contraire,
Nous auons des aduersaires
Et de bien forces ennemis
Mais si nous sommes tous vnis,
Il maudira leur entreprise,
Bien que Montauban ne fut prise,
La Rochelle ny Montpelier,
En vain il ont vn Conseiller,
Pour ruyner nostre France,
Du sien on perd la iouïssance
Quand on veut l'autruy vsurper,
Il s'est mis premier à s'apper,
Puis a voulu vser de mines,
L'on s'est seruy de contremines,

Il nous

Il nous attaque a force ouuerte
Son entreprise est descouuerte
Bien l’on y veut remedier
Nous auons vn Roy grand guerrier,
La guerre est iuste & l’ennemy
N’a point le droit de son party
L’on peut sur le sien entreprendre
Les François l’on a veu estendre
Iusques sur le nil, leur limites
Les Esclauons & les Galates,
Les Vandales & le Romain,
Ont senty l’effort de sa main,
Le Roy qui commande à la France,
Par vne diuine assistance
Est paruenu iusques en ce lieu,
C’est vn coup de la main de Dieu,
Il surpasse l’humain pouuoir:
Voyez comme il a peu preuoir,
Et resister aux grandes armées
Qu’on a contre luy enuoyees
Il en a deffaict sans se battre,
Autres il a voulu combattre,
Iamais bataille ne perdit,
A Rié il se hazardit,
Et conserua tousiours son camp
Auec quatre nombre de combatans,
Il deffit le sieur de Soubise
Et euenta son entreprise.
Le Ciel luy mit le sceptre en main,
Il est Prince doux & humain
Qui se rend trop accostable,
Dieu auquel il se rend aymable

D

La preſerué des aſſaſſins,
Et de tous perfides mutins:
Mais premier qu'aller à la guerre
Dedans vne eſtrangere terre,
Le Royaume il faut reformer,
Afin qu'ou ne voye allumer
Au beau milieu de ſes entrailles,
Quand ailleurs ſeront les batailles,
Le feu pour reduire en cendre:
Car à ce que ie puis entendre,
On en recherche les moyens,
Et Meſſieurs les Theologiens
Et Prelats & Eccleſiaſtiques
Par les Canons & leurs pratiques
Sçauront bien faire leur deuoir
La Nobleſſe qui a pouuoir
Et qui cognoiſt l'amour du Prince,
Se regira dans la Prouince,
Suiuant l'exemple de ſon Roy,
Et luy qui eſt Prince de foy,
Qui cherit & ayme iuſtice,
Les conurira quittant leur vice,
Sans leurs ſujets tiranniſer,
Les fouler ny les oppreſſer
De viure de leur rentes,
De leur ſeul deuoir leur reuentes,
Sans plus les preſſer de coruees,
Ny forcer d'aller aux iournees
Trauailler ou ſeruir les Maçons,
Ne penſeut pas qu'en leur maiſons
Qui ſont ſur quatre paux plantées,
Il n'ont du pain que par boutees,

Et que leur chetiues familles
Vont mendians dedans les villes
Leur pain & leur vie tous les iours,
Et dans les souueraines Courts,
L'on cognoiſtra les differents
D'entre les petits & les grands,
Sans que par euocations
Deffences interdictions
Qu'obtiennent les grands par faueurs,
Ils ſoyent des petits oppreſſeurs,
Dedans l'eſtroit Conſeil des Roys:
Car par les anciennes loix,
Le Conſeil dreſſé pour l'eſtat,
Traicté & matieres d'Eſtat,
Les Cours ſouueraines de France,
Du reſte auoient la cognoiſſance,
Les Roys donnent les benefices,
Les dignitez & les offices,
Les dons & graces les pardons
Et ſi telles confeſſions
Ne ſe fondent ſur equité,
La Cour ny donne authorité.
Iamais tous ceux qui ont bon droit
Tous ceux qui cheminent le droit
Ge refuſent d'y proceder,
Vous ne voyez ſnperceder
Que par ceux qui n'ont l'aſſeurance
Conuaincuë par leur ſonſcience
De comparoir en iugement
Ou qui par trop iniquement
De la veufue ou de l'orphelin
Iniuſtement tiénne le bien,

Ou qui ne veulent qu'on cognoiſſe
Qu'aux chetifs ils font de l'oppreſſe,
Sous pretexte de leur grandeur ,
Ceſte Cour de qui la ſplendeur
Aux eſtrangers eſt admirable
N'eſt qu'aux meſchans reformidables,
Vous verrez les Princes Lorrains
S'employans de cœur & de mains
Faire voir la fidelité
Qu'ils auoient euë d'antiquité
Vn braue & vaillant Duc du Mayne,
Nemours d'vne façon humaine
De Guiſe qui dans la Ptouence
Des- ja nous fait voir ſa prudence,
Le Duc Delbœuf qui ed Poictou
Riue de la Ligue le clou,
Bpis Dauphin & Senece,
Et le Baron de Temiſce
Et mille Seigneurs de la Ligue,
Qui ainſi que l'enfant prodigue
Sont venuë rechercher ieur Pere,
Eſteindront le grand vitnpere
Qu'à bon droit on leur imputoit
Par quelqu'e genereux exploit,
Et Dieu beniſſant noſtre Prince
Fera viure en paix ſa Prouince,
Et luy impurtiſſant ſa grace
Il chaſſera de place en place
Ses ennemys de deuant luy:
Car mettant en Dieu ſon appuy.
Mais c'eſt par trop long téps m'eſtédre
Perſonne ne ſçauroir compreudre,

Les malheurs la peine & les maux
Les esclandres & les trauaux,
Qui se fondent sur nostre France
Cest en vous ou nostre esperance,
La Nauire & son Ancre a mis
C'est vous inuincible Louys
Qui pouuez dessus vn sceptre
Mettre le Royaume en son estre,
Face le Ciel que vostre terre
Apres les fureurs de la guerre
Dessous la faueur de vos rais
Demeure en paix pour tout iamais.

Beatus vir qui inuentus est sine macula, & qui post aurem non abijt nec sperauit in pecunis thesauris, quis est hic & laudabimus eum fecit enim mirabilia in vita sua Ecclesiast. c.31.v.8.9.

FIN.